PRIX : 2 FRS

LES CAHIERS IDÉALISTES

NOUVELLE SÉRIE

REVUE DE LITTÉRATURE, D'ART ET DE SOCIOLOGIE, PARAISSANT TRIMESTRIELLEMENT, SOUS LA DIRECTION D'ÉDOUARD DUJARDIN

SOMMAIRE DU N° 10. -- MAI 1924

ABONNEMENTS : 15 FRANCS EN FRANCE ; 18 FRANCS A L'ÉTRANGER
UN NUMÉRO, FRANCO : 2 FRS EN FRANCE ; 2 FRS 25 A L'ÉTRANGER
DÉPOT GÉNÉRAL : F. RIEDER & Cie, 7, PLACE ST-SULPICE, PARIS VI

ADRESSER TOUTE LA CORRESPONDANCE CONCERNANT LA DIRECTION
AINSI QUE TOUT CE QUI CONCERNE LES ABONNEMENTS
A EDOUARD DUJARDIN, 3, RUE NOTRE-DAME-DES-CHAMPS, PARIS VI

LES CAHIERS IDÉALISTES

Fondés et dirigés par EDOUARD DUJARDIN

sont une revue d'idées et une revue d'avant-garde en littérature, en art, en sociologie et en politique internationale

---

Ils ne publient ni romans, ni contes, ni longues études,

mais seulement de courts articles substantiels

où sont étudiés : les livres marquants,
les manifestations littéraires et artistiques,
les événements sociaux et politiques,
les personnalités les plus intéressantes,
et, à intervalles, des poèmes en prose et en vers, de tendances modernes.

Leur but est de donner sa signification à la vie intellectuelle et morale contemporaine. Ils se distinguent des autres revues littéraires d'avant-garde, par la place qu'ils accordent aux questions sociologiques et de politique internationale.

Revue d'idées avant tout, ils s'adressent à quiconque a une préoccupation de haute culture et d'indépendance d'esprit.

PRIX DU NUMÉRO : 2 francs en France ; 2 francs 25 à l'Etranger.

ABONNEMENTS : 15 francs en France ; 18 francs à l'Etranger.

L'abonnement donne droit à une série de 8 numéros à 2 francs.

Pour les abonnements commencés antérieurement à l'année 1924 et comprenant ainsi des numéros à 4 francs, ces numéros seront comptés comme équivalant chacun à 2 numéros à 2 francs.

DIRECTION : 3, RUE NOTRE-DAME-DES-CHAMPS, PARIS VI
VENTE EN GROS : RIEDER & Cie, 7, PLACE SAINT-SULPICE, PARIS VI

VLADIMIR ILITCH LENINE

— IN MEMORIAM —

Recourir à la terminologie nécrologique en parlant de l'être le plus vivant que j'aie jamais connu, ô suprême dérision ! Lorsqu'avant et pendant la Révolution je voyais Lénine, portant sa santé magnifique, allègre et robuste — qui longtemps vainquit la maladie — certes je n'imaginais pas que cette hymne émouvante : *Mi gertvoiou pali* (Nous sommes tombés victimes), qu'à chaque grande manifestation toute l'assistance debout chantait à l'unisson, lui serait de sitôt dédiée.

Hélas ! il fallait sa mort pour prouver à tous les sceptiques, ainsi qu'à tous ceux qu'intoxique quotidiennement la presse par ses fausses et calomnieuses nouvelles, l'immense, l'unanime popularité de Vladimir Ilitch Lénine, non seulement dans les villes, mais dans les plus petites et les plus éloignées bourgades du grand territoire de la S. S. S. R. Popularité franche, étendue et toute en profondeur qui à présent et de plus en plus déferlera hors de Russie.

Chose étrange : cet homme tant honni, calomnié, méprisé, outragé, dont on compta sur les doigts les rares amis, je n'entendis jamais en Russie, après l'avènement du bolchevisme, personne qui ne lui témoignât une admiration, sinon une approbation totale. Seuls, réfugiés à l'étranger, quelques agents monarchistes francs ou déguisés du « Novoie Vremia », de « Rul » et de « Dni » lui ont consacré et lui consacrent encore leurs plus vulgaires injures. Combien d'éléments son prestige incomparable attira au bolchevisme ! C'est qu'en effet, nationalement et internationalement, il sut libérer la Russie, ce marxiste internationaliste conséquent, celui que la bourgeoisie et les social-patriotes russes traitaient avec mépris de défaitiste, d'agent allemand et autres vocables.

— *Seuls les bolcheviki sauveront la Russie,* disait un grand bourgeois russe après la première révolution de février-mars, rebuté par les pitreries oratoires de Kérensky et de Milioukov, attristé par la profonde désagrégation du pays.

Et en vérité par son courage indomptable, son énergie farouche, la confiance que lui manifestaient les masses, son sens prodigieux des réalités allié à une faculté rare de tirer de faits embrouillés et contradictoires les conclusions les plus justes, il libéra le peuple russe des contraintes du tsarisme, du capitalisme et de l'impérialisme des alliés pour qui l'Empire des tsars ne devait être qu'une simple colonie, comme une Inde ou un Madagascar ; il débarrassa la République Soviétiste des armées mercenaires unies aux troupes contre-révolutionnaires, et enfin par son mot d'ordre : l'électrification de la Russie, montra sa volonté de faire de ce pays arriéré, jadis tributaire de l'étranger, un Etat industriellement autonome et moderne.

— *L'Internationale est morte !* s'exprimaient, pessimistes, pendant la guerre, les quelques internationalistes demeurés fidèles à eux-mêmes, écœurés par la totale et honteuse trahison de la IIe Internationale.

Par le mot d'ordre du parti bolchévik lancé sous son impulsion dès le début de la guerre, par la propagande inlassable qu'il fit de 1914 à 1917 en faveur d'une nouvelle Internationale, par sa participation personnelle et active aux conférences historiques de Zimmerwald et de Kienthal, par la révolution d'octobre et enfin par la réunion de mars 1919 au Kremlin, Lénine édifia une Internationale neuve, vigoureuse, appuyée sur une armature de fer, d'un programme vaste et clair, une Internationale qui seule avec la République Soviétiste (qui, aussi bien, n'en est qu'une des réalisations) défend la démocratie ouvrière et paysanne contre l'oligarchie capitaliste.

Théoricien, il ne se contenta pas de continuer Karl Marx, mais il l'accomplit. Il ne revisa ni déforma le marxisme, mais le renouvela, l'assouplit, le réalisa, lui donnant, au rebours de tant de pédants et de cuistres, sa signification forte, vivante, immédiate. Lénine ne fut pas l'un de ces *réformistes* livresques ou opportunistes, cherchant dans le marxisme prétexte à glose ou à leurre ; mais il fut un *réformateur,* le Réformateur. Il sut interpréter sans erreur, sans faiblesse, les désirs, les espoirs, les volontés des masses qui œuvrent et qui souffrent. Il incarna la masse et sut se confondre avec elle. Il a ouvert l'ère nouvelle qu'entrevit, prévut Karl Marx, et l'histoire conférera à son nom, à son œuvre et à son activité, une valeur de plus en plus robuste et de plus en plus mondiale.

Tout jeune mêlé aux ouvriers, il pénétra leur psychologie, et, le temps de loisir que lui laissèrent le bagne, la prison, la déportation et l'exil, il le soumit aux recherches et à l'étude ; il sut construire une politique révolutionnaire mondiale qu'il appliqua dans les circonstances les plus difficiles.

Les admirateurs et les détracteurs de Lénine indistinctement l'ont comparé avec raison à Pierre-le-Grand. Interprète, à n'en pas douter, de tous les intellectuels authentiques amis du peuple et ennemis de la réaction, le grand savant russe Timiriasev avant d'expirer exprimait ce témoignage : « Je suis heureux d'avoir été le contemporain de Lénine ». Le grand théoricien social français Georges Sorel exprima une pensée analogue dans la préface à une nouvelle édition de son livre fameux, *Réflexions sur la violence.*

Pour ceux à qui les circonstances ont permis de vivre à ses côtés, c'est dans le moment présent une suprême joie de se rappeler les instants trop rares et trop courts où Vladimir Ilitch montrait son intelligence lucide et aigüe, son audace imbroyable et réaliste, son enthousiasme sain et communicatif — et toujours cette camaraderie, cette vraie et simple camaraderie qui le faisait ardemment chérir par tous ceux qui l'approchaient.

Dans l'intimité, il était familier, enjoué, gai, malicieux, blagueur. Dans la société la plus joyeuse, il était celui qui manifestait la plus grande et la plus franche bonne humeur. Il riait comme les enfants (qu'il adorait et qui lui tinrent compagnie jusqu'à son dernier instant) ; ample et sain, son rire se communiquait à tous.

Ce même homme, petit, trapu, d'aspect faunesque, le visage pointillé de son, le front largement bombé, le nez proéminent et flaireur, le menton effilé par une barbiche, dès qu'il apparaissait à la tribune de quelque congrès ou conférence, se révélait comme une force, une force ordonnée, claire, une volonté au grain d'acier pur. Sans éclat, sans rhétorique, sans apprêts, tout entier à sa pensée et ne se souciant même pas d'achever ses phrases, recourant au mot trivial, voire grossier, sachant se faire comprendre des plus illettrés, des plus « analphabètes », Lénine convainquait par sa sagesse, par son argumentation simple et irrésistible et surtout par son inégalable force de persuasion.

Quand on pense qu'il sut défendre « la paix malheureuse » de Brest-Litovsk — et plus tard la retraite stratégique économique connue sous le nom de Nep ! Presque seul au début, il voyait l'avenir lointain et interrogeait l'horizon d'un regard quasiment prophétique. Son esprit décidait, puis il exprimait sa pensée, la répétait, en faisait pénétrer l'inéluctable nécessité, ne redoutant pas de heurter ses camarades et ses compagnons. Il réussissait à imposer son point de vue. Ses idées audacieuses, les événements les justifiaient bientôt, et les représentants de l'opposition avouaient immanquablement : « Vladimir Ilitch avait raison ».

Alors qu'après avoir conduit le monde à la guerre et à la ruine les hommes d'Etat d'Europe se montrent incapables de reconstruire, préparant de nouvelles et effroyables hécatombes, Lénine considéré partout comme un négateur, comme un destructeur, Lénine seul a tenté et réussi de reconstruire le monde. Lénine a ouvert une nouvelle période de construction et de création ; plus tard on reconnaîtra universellemnt la grandeur de son œuvre colossale (1).

HENRI GUILBEAUX.

---

(1) Va paraître prochainement l'édition française du grand ouvrage d'Henri Guilbeaux, *Lénine,* dont nous avons annoncé, dans notre précédent numéro, la parution en allemand.

LE VRAI STYLE

Comment faut-il écrire ? La question semble entraîner une réponse facile : les mots pour l'exprimer suivent déjà. On entend le pas des adverbes : *clairement, simplement, exactement, sincèrement*. Et tout de suite on se sent satisfait. J'ai bien peur que cette satisfaction provienne plus d'un goût secret et constant pour la satisfaction elle-même, quel qu'en soit le contenu, que pour les raisons qui la justifieraient. En effet, à cette question : Comment faut-il écrire ? Aucune réponse n'est possible si l'on n'envisage pas au préalable, avec sa richesse en sous-entendus, la formule interrogative en fonction du *lecteur*, qui seul importe.

L'écrivain écrit d'abord pour soi. Je veux dire qu'il est seul et premier juge de ce qu'il translate au papier de sa pensée personnelle.

Si cette pensée est médiocre, menteuse ou erronée, il n'en sait rien. Ce qu'il veut, c'est créer une équivalence verbale à ses conceptions du moment. On peut donc prévoir qu'au problème : « Comment faut-il écrire ? », une réponse apparaisse aussitôt selon l'écrivain lui-même. Il faut écrire *exactement*, c'est-à-dire qu'il faut, hors tous à-côtés présentement inutiles, coucher au papier ce qu'on a pensé, et rien de moins.

Mais pense-t-on avec des mots ? C'est un sujet de thèses, que cette interrogation. Il y a été fait cent réponses dont nulle n'est péremptoire, car chacun a pu observer que le départ entre l'idée qu'on a voulu émettre et le mot qu'on a choisi est parfois considérable. Il y aurait donc une pensée antérieure à la formule verbale. Mais, là encore, le psychologue reste pantois, car il faut une antécédence définitive du mot et de la pensée.

Personne n'affirmera l'impossibilité de tout fonctionnement mental en absence des vocables, mais le vocable seul extériorise l'esprit. L'écrivain, pour soi, avant de livrer ce qu'il écrit à l'impression, ne peut donc concevoir son art qu'en fonction du strict parallélisme de son intelligence et de l'acte qui l'a transféré au papier. Mais l'imprimé est destiné à la lecture. Il est donc soumis à un jugement social et à un travail d'interprétation qui est l'inverse du travail d'écrivain. Celui-ci descendait de la pensée à l'écrit, l'autre tente de remonter de l'écrit à la pensée.

Il apparaît ici que les vertus exigibles par le lecteur « second » sont différentes de celles que réclame l'auteur. Ici, le problème devient d'une grande complexité. En effet, il y a plusieurs sortes de lecteurs, tels : le lecteur ignorant et le lecteur instruit, celui qui se contente d'aperçus superficiels et celui qui veut des analyses profondes. Certains ne comprennent qu'en conformité de leurs conceptions acquises et sont incapables de l'effort mental nécessaire pour se placer dans l'axe d'un domaine inconnu. Autant de catégories de lecteurs, autant d'attitudes formulables. Il ne saurait toutefois y avoir d'autre direction, pour choisir l'attitude « supérieure », que de la déterminer d'après la pensée de l'homme cultivé, curieux, doué de sens critique et sensible aux vertus esthétiques. Devant lui, le lecteur qui s'inspire seulement d'une intention morale ou même exclusivement esthétique place son avis dans la catégorie des sous-jugements. Mais quelles vertus l'homme cultivé, curieux, doué de sens critique et esthète peut-il réclamer d'un écrit ?

Il veut que ce texte soit, cela s'entend, correct. Mais il ne juge pas la correction selon la seule conformité aux règles. Il est en effet des règles qui créent ou cultivent la duplicité. La correction sera donc liée à la clarté. Toutefois, la clarté, parce que mon lecteur est cultivé, ne sera point exclusive de toutes idées subtiles et difficiles à suivre, car il est aussi pourvu de sens critique et sait que toute chose pensable ne s'expose pas de soi. Mon lecteur cherchera à identifier l'idée et à en individualiser la donnée. Il détestera donc les à-peu-près qu'on utilise sous prétexte de conformer à la langue, en des vocables non adéquats, des idées étrangères. Il ne craindra aucunement le vocable archéologique, qui désigne toujours une réalité pour laquelle aujourd'hui n'a pas d'équivalent. C'est un lecteur qui pense. Il tient donc grand compte des pensées et relègue la langue à son état de très modeste servante. Il ne lui viendra donc jamais à l'esprit qu'au nom d'une pureté verbale — dépourvue de sanctions intellectuelles — d'ailleurs douteuse, on vienne lui apporter un style pauvre, réduit à quelques centaines de mots et qui, sous sa simplicité apparente, n'apporte qu'un quiproquo perpétuel. Il ne nommera pas le « consul » romain un « général », ni les « knemides » des « houseaux », ni les « Achéens » des « Grecs », ni « Aphrodite » « Vénus », ni prince, également, le basileus, le satrape, le sultan, l'impérator, Agamemnon, Mausole, Denys de Syracuse, Romulus, Soliman, Haroum-al-Raschild, Clovis, Théodose et Louis XIV.

Un mot ne désigne pour lui qu'une chose et le langage n'est pas une série de calembours, mais une technique. Ecrire, c'est faire des idées ce que fait l'algébriste avec ses signes, qui ne sont point interchangeables.

Ainsi mon lecteur sera immédiatement dégoûté de la littérature classique issue du XVIIe siècle, et qui fut faite à peu près comme on fait aujourd'hui le journal, pour une clientèle de culture mondaine délicate, mais de culture profonde nulle. Il suffit de lire Montaigne, qui écrit une langue pauvre, pour s'apercevoir de la peine qu'il prend, sachant combien sa pensée est plus fine que son verbe, pour tourner et retourner l'idée, en faire jaillir les angles, la limiter enfin selon tous ses axes. Cela, c'est la perfection du style pauvre technicisé par le génie. Avant lui, Rabelais forge infatigablement des mots ; il parvient à dire tout ce qu'il veut et les nuances de sa pensée sont prodigieuses. Mais Rabelais, c'est notre Homère !

Donc, mon lecteur, poussant son étude, cherchera l'écrivain qui sait le mieux, et avec la plus subtile précision, dire ce qu'il veut dire. Il lui veut une langue riche. Certes, il aimera Voltaire, dont la langue est à peine plus riche que celle de Racine, mais cela vient de ce que Voltaire ironise sur tous les vocables inadéquats. Cette ironie est la merveille, et elle ajoute une subtilité de plus. Seulement, essayez donc de lire ironiquement le récit de Théramène ?...

Où vais-je arriver ? A ceci, que le lecteur soucieux de comprendre, d'approfondir et de juger un texte, le veut d'une langue moderne, avec tous ses addenda, et aussi avec son érudition. Il exige que la pensée soit une réalité saisissable, c'est-à-dire d'une individualité parfaite et vivante. Il veut, sans aucun souci de pureté — souci primaire et puéril — qu'on désigne techniquement les éléments du réel. Enfin, il fuira — ayant l'esprit critique — aussi bien le langage imité de l'ancien, en sa pauvreté classique qu'en sa richesse Renaissante. Le poète qui plagie Malherbe, il le tiendra pour atteint de folie, comme le prosateur imitant Bossuet. S'il faut écrire selon un modèle, il cherchera le modèle parmi les écrivains qui le mieux ont voulu mener le langage à sa perfection évocatrice. En résumé, parce que son avis d'homme cultivé, doué d'esprit critique, curieux et esthète à la fois est un avis supérieur à celui de ceux qui oublient une de ces vertus, il dira qu'il faut écrire la langue de Flaubert, qui fut l'écrivain type exact, en y introduisant toutefois le dernier perfectionnement linguistique, cette *relativité* que créèrent Jean Giraudoux et Pierre Mac Orlan, ce qui tend à tenir plus aigûment serrée la sensation dont l'idée ressortit. Et il dira qu'au XVIIe siècle on n'a jamais su écrire. Le plus curieux, c'est que ce sera parfaitement vrai.

RENÉE DUNAN.

ANDRE SPIRE
PAR CONSTANTIN BALMONT

Il y a quelque chose de tragique dans la destinée des grands écrivains russes exilés en Europe occidentale au lendemain du triomphe qu'ils connurent dans leur pays... Qu'on essaie d'imaginer l'abîme de solitude où un créateur, couronné par l'admiration de milliers d'intelligences, se trouve plongé quand le sort brusquement le transporte dans un milieu indifférent à sa pensée, ignorant de sa célébrité, insensible à la musique de son langage. Les soucis de l'après-guerre, la frénésie industrielle, l'arrivisme convulsif des jeunes gens ont altéré, il faut le dire, la proverbiale hospitalité de la France. S'il vient s'asseoir à ce foyer tiède encore, l'hôte errant se trouve déçu par la maigreur des flammes que l'enthousiasme de l'inconnu et la liberté du rêve ont cessé d'attiser. Aussi, dans la littérature européenne, l'écrivain slave se mettra-t-il à rechercher peu à peu non plus la règle et la mesure qui l'enchantaient lorsqu'il les contemplait du fond de sa patrie excessive et fantasque, mais les éléments de sincérité, d'abandon ou de fougue dont aujourd'hui le voici sevré. C'est vers l'Est désormais que son regard se tourne et les œuvres de la pensée latine l'intéressent surtout dans la mesure où elles possèdent des qualités orientales.

Voilà pourquoi, entre tant de poètes, la prédilection du plus grand lyrique russe, Constantin Balmont, choisit André Spire et souligne dans l'œuvre de cet écrivain, par ailleurs si sobre et si désabusé, les strophes dictées par la véhémence ou la nostalgie. Peut-être y a-t-il dans ces remarques une exagération involontaire. Peut-être Balmont attribue-t-il trop exclusivement à l'hérédité hébraïque la fière séduction que certains accents de Spire doivent plutôt à la leçon de la terre lorraine, à l'influence profonde de l'esprit populaire français. L'étude dont nous donnons ici la traduction n'en reste pas moins admirable par sa subtilité. Elle a été écrite pour un journal russe de Riga (« Ségodnia » — « Aujourd'hui »). Il nous a paru inutile de citer en entier les poèmes d'André Spire, familiers à nos lecteurs. Ajoutons cependant que Balmont les a transposés en russe avec une perfection qui tient réellement du miracle.

LUDMILA SAVITZKY.

André Spire est un poète français, mais de sang juif. C'est ce qui donne à son œuvre un caractère particulier et le rend, à mes yeux, doublement attrayant. En feuilletant ses livres d'une séduction si prenante, si intime, d'une tristesse si obstinément renaissante, je devine en lui l'exilé que l'inaccessible hante sans cesse ; je découvre, non point l'Europe avec son amour du précis et de l'évident, mais l'Orient avec ses rêveries en labyrinthe et ses changements d'humeur, en apparence immotivés. Quelle tendresse exquise, quelle mélancolie orientale se dégagent, par exemple, de son poème « le Rapide » ! Il est manifeste que ces vers, brisés comme le refrain d'une Javanaise, voluptueusement tristes comme le chant du Perse ou de l'Arabe, furent écrits, non par un Européen, un frère de Musset ou de Baudelaire, de Schiller ou de Tennyson, mais par un frère de Hakani ou de Hafiz. En citant ces noms, je ne fais aucune appréciation littéraire, j'indique seulement une analogie de concepts esthétiques ; et j'exprime en même temps mon regret de ce que Spire, doué d'une faculté si profonde, ait passé sa vie dans le cadre exigu de l'Européanisme et non en quelque coin de l'Orient. Là-bas, dans l'atmosphère natale, son instrument musical eût résonné avec plus d'assurance ; il eût créé plus abondamment, avec des accents plus translucides.

Cependant, même au cœur de la ville, de notre ville d'Europe, Spire compose des vers qui nous forcent à évoquer non pas un Verhaeren, par exemple, mais les cinq lignes d'un poème japonais, ou bien la strophe brève d'un poète chinois :

> Bruit de la ville
> Qui montes buter contre la fantasmagorie des nuages,
> Tu me hantes, immense clameur...

Quelqu'un me suggère : « C'est fort beau, mais c'est imité de Walt Whitman ». Je réponds : « Pas du tout ! » Dans un rythme de ce genre, Whitman apporte plus d'intellectualité ; il eût pu chanter cette mélodie d'une voix semblable, mais en créant autour de ces quelques lignes expressives un halo métaphysique, en atténuant leur sensualité spontanée. Le résultat eût été analogue et différent à la fois. Le poème eût gagné en densité, mais il eût perdu, en revanche, cette calme puissance intime qui me le fait choisir, qui motive ma prédilection. D'ailleurs, si nous parlons de Whitman, n'oublions pas que le barde de l'Amérique reste particulièrement éloigné des poètes européens, qu'il les a frappés de sa malédiction lyrique en élevant au-dessus de tous les génies d'Europe un autre maître : la vague marine, arbitraire, démente, saturée de sel et de grand air.

La démence poétique, la tristesse, les paroxysmes moraux, Spire les invoque comme ses génies tutélaires, dans l'admirable apostrophe : « A la France ».

L'âme orientale d'André Spire, l'âme purement humaine du poète, naturellement hostile à ce triomphe du mécanisme qui caractérise notre minute historique, le sentiment du poète, que repoussent, comme des monstres froids et difformes, la guerre inique, le monde injuste, artificiel, la tyrannie des êtres éhontés, des nouveaux riches engraissés par la mort d'autrui, entasseurs d'un or gluant, innombrablement souillé de boue et de sang, tout cela a inspiré à cet écrivain bien des lignes violentes, bien des pages amères, dans divers volumes, dont le plus significatif est peut-être son dernier recueil, *Fournisseurs*.

Il ne me semble pas cependant que cette partie constitue le meilleur de son œuvre. En face de tels problèmes, Spire ne possède ni l'acuité d'un Henri Heine, ni la haute lucidité qui marque l'étude de ces thèmes dans le livre de noble courroux et de douleur transfigurée, *Mari magno,* d'Edouard Dujardin. Pourquoi le *gamelhang* javanais, cet orchestre attirant qui résonne, en rythmes rompus, quelque part derrière la montagne, et dont les sonorités imprécises évoquent avec précision la nostalgie, l'insatiable désir, — pourquoi effleurerait-il un monstre aussi bruyant et complexe que la guerre et toute sa suite répugnante ?

Cela ne signifie pas que Spire manque d'accents vigoureux. Dès qu'il aborde un thème familier, sa voix se fait expressive. « Les cheveux sont une nudité », dit le Talmud. Mot cruel qui dénote une perspicacité subtile. Il est de même origine que toutes les interdictions de sensibilité esthétique renfermées dans le commandement : « Tu ne feras point d'image... » Spire choisit pour épigraphe cette parole du Talmud quand il écrit le remarquable poème : « Nudités » :

Les cheveux de ton cou sont frais comme une coupe ;
Ton chignon qui s'écroule palpite comme un sein ;
Tes bandeaux sont lascifs comme un troupeau de chèvres...
Fais couper tes cheveux !

Shelley dit quelque part : « Ma haine est le revers de l'amour ». Je songe malgré moi à ce mot de l'Ariel océanique, universellement amoureux, lorsque je lis, lorsque je transcris en russe le cri frénétique d'André Spire, ce poème sur la Femme. Nous sommes loin des vers de Baudelaire sur le même sujet, régulièrement construits, régulièrement enfermés entre des oppositions méthodiques, avec des rimes ciselées. Dans n'importe lequel des poèmes des *Fleurs du Mal,* le moine, abdiquant avec frénésie sa propre personnalité, adore voluptueusement la Femme, comme un parfum rituel, comme le bruit des encensoirs, comme son propre cri d'agonie sur le lit des amants bienheureux qui expirent ensemble. Ici, nous sentons toute la passion prophétique, volcanique de cet Orient qui vit Origène trancher sur son propre corps la tête du Serpent (« Tranche la tête du Serpent, avant qu'il ne te saute à la gorge », disaient nos sages Castrats de Russie), — de cet Orient qui connut en Egypte les premiers ascètes chrétiens issus, avec leur pieuse hérésie, de ce même Ancien Testament. C'est aussi l'Orient des harems où la Femme est une favorite, une concubine, un jouet, un poignard aigu, avec lequel on se blesse, avec lequel il est facile de tuer.

Et pourtant... En parlant d'André Spire, je suis tenté de conclure par sa mélodie la plus française, qui montre en vérité que la France, l'absorbant à moitié, lui a inspiré des vers réellement nationaux, pleins de lumière et de gaieté. Voici un poème qui vient, — sans ironie, — de la forêt où l'on n'a pas peur. Il est intitulé « Ne » ; je laisse tel quel, en russe, le refrain « digue-digue », n'y voyant que la joyeuse et hardie combinaison de trois sons, le *d* qui divise et détruit, l'*i* strident, le *gue* guttural ; aussi bien, en français, n'est-ce qu'un gai refrain qui évoque cependant l'impression d'une digue attaquée, d'un barrage qu'on brise :

Quand je valais quelque chose,
Digue, digue, digue,
Quand je valais quelque chose,

Ne touche pas au feu,
Me disait le grand-oncle ;
....

N'approche pas du puits,
Me disait la grand'mère ;
....

Ne regarde pas à droite,
Il y a la fleuriste ;

Ne regarde pas à gauche,
Il y a le libraire ;

Ne passe pas la rivière,
Ne monte pas la colline,
N'entre pas dans le bois.

Moi j'ai pris mon chapeau
En éclatant de rire,
Mon manteau, mon bâton
En chantant : Digue, digue !

La rivière, la colline,
Les grands bois, digue, digue !
Digue, digue les beaux yeux,
Et digue, digue les livres !

Traduit par LUDMILA SAVITZKY. CONSTANTIN BALMONT.

IVAN GOLL ET LA POÉSIE DES CINQ CONTINENTS

Ivan Goll s'est un jour présenté lui-même comme « un homme assis entre deux chaises : le *klübsessel* allemand et un fauteuil Louis XVI ». Et il ajoutait : « Chaque fois que je veux me reposer, je tombe entre les deux dans le vide et me casse soit une jambe, soit le cœur. Voilà ce que c'est que d'être né en Alsace ».

Né en Alsace, Goll incarne assez heureusement tout ce qu'on range d'ordinaire sous les étiquettes : nouvel esprit européen et ironie sentimentale.

Les pièces d'Ivan Goll sont des pièces à masques. Ainsi jadis faisait-on des pièces à thèses. Le masque, Goll l'a remarqué, est implacable comme le destin. Il exige de l'acteur un jeu mécanique et se complète nécessairement d'un costume plus bariolé que la carte de l'Europe Centrale. Grâce au masque, Goll atteint ce surréalisme dont on a tant parlé pendant un moment.

Le masque oblige à des contrastes, à des juxtapositions brutales et supprime toute espèce de dialectique. Il est très difficile, dans cet art d'affiche et tout en premiers plans que proclame Goll, de se créer une personnalité, alors qu'un art nuancé, aérien et composé, soumis aux hasards de la physionomie et aux moindres influences climatériques, astrologiques ou humaines, un art avec des différences de niveau et de relief produit des formes plus diverses et permet plus aisément à l'artiste de se différencier de son groupe. Néanmoins Ivan Goll a accompli ce tour de force d'éviter les formules toutes faites et l'académisme de notre temps : admirons qu'il sache nous divertir par une évidente puissance et une variété inattendue.

De ces pièces qu'Ivan Goll a réunies avec des poèmes dans son *Nouvel Orphée,* je retiens un poème épique en l'honneur de Charlie Chaplin, où ne manque aucun geste de ce héros, depuis le plus spontanément tendre jusqu'au plus automatiquement risible. Quant aux poèmes, ils exaltent un monde qui a négligé de s'assurer contre le bris des glaces et les révolutions futures : Paris brûle ! Pourtant j'aime certaines notes touchantes :

Les autobus démarrent
Complets aux larmes.

Et :

Chaque arbre est une mère penchée sur sa douleur
Mais l'homme que sait-il de la fleur
Du travail avec des scarabées bruns à la semence brune ?
Il pèse le quintal de blé
L'homme   que sait-il de l'homme ?

Ne pouvant toujours supporter son masque, haletant aussi à force de lancer à pleine poitrine des proclamations contradictoires comme des réclames, le nouvel Orphée se retrouve tout-à-coup dans une impulsion romantique aussi ardente que de grosses images cosmiques. C'est alors que la mélancolie juive de Goll s'en donne à cœur joie. « L'amour est à réinventer », chacun sait cela depuis Rimbaud. L'amour n'absorbera pas les nouveaux Orphées comme il semblait qu'il faisait des anciens poètes et des héros des romans psychologiques d'autrefois ; mais les épanchements lyriques à venir retentiront brusquement d'un appel sexuel ou d'une violente aspiration sentimentale vite étouffés par le jazz-band universel.

D'ailleurs, comme disait l'honnête Cotonnet dans son jardin de la Ferté-sous-Jouarre, « ceci est une faribole », et la poésie future nous surprendra d'autant plus que nous l'aurons moins pressentie. Laissons-la faire, sans anticipation. Le plus nouveau des Orphées, pour le moment, est encore notre contemporain Goll.

C'est chez lui qu'il nous plaît de trouver ce sentimentalisme brusque et bref, ces poussées de sanglots inutiles, ces éclats et ces refoulements. Une louable fièvre tend les vers d'Ivan Goll, on y sent une soif de comique, un goût triste de l'excès et de l'outrance, et surtout une raideur, un malaise qui prouvent bien que la poésie est une langue étrangère et difficile et qui, même si elle chante le mécanique et cherche à s'adapter aux soucis de nos jours, n'aura jamais rien à faire avec l'utile et le social. Qu'elle s'applique à ce qu'il y a de spécifique dans notre vie moderne, à notre actualité, à ce moment transitoire de notre industrie et de nos efforts techniques, à cet exercice périodique et réglé de notre machinisme : elle se rebelle contre une telle contrainte et s'échappe toujours par quelque issue, étant elle-même, en son essence qui est la langue et le rythme, désintéressée, improductive, imprévue, diverse et d'apparence capricieuse. Ce qui fait qu'un poème est organique, diffère absolument des raisons de vivre d'un appareil scientifique. Sa forme contredit la matière, et de cette opposition naît cet humour funèbre et cet air de violence et de difficulté qui caractérisent certain lyrisme contemporain et en particulier la poésie d'Ivan Goll. Il y a là une intensité qui n'est pas sans charmes.

Si un tel poète assume les responsabilités d'une anthologie mondiale, pourquoi nous étonnerions-nous des intentions qu'il y marque ? Tout ce qui est machine, vitesse, cosmos, panthéisme est sien. Une préface, ingénieuse et pittoresque, affirme hautement ce point de vue. Pour Goll, la poésie moderne des cinq continents se réclame de Whitman, et certes j'applaudis à cet hommage à ce grand Walt que nul d'aujourd'hui, reprenant un mot illustre, n'hésiterait à proclamer le Père. J'aurais bien aimé aussi entendre Goll nommer Rimbaud, ou même Paul Verlaine ; et, pour éviter tout malentendu, je rappellerais volontiers certains aphorismes élémentaires de Jean Cocteau :

On a inventé le *genre moderne,* le *poète moderne,* l'*esprit moderne.* Dire « je suis moderne » n'a pas plus de sens que la fameuse farce : « Nous autres, chevaliers du moyen-âge ». La confusion vient de ce que l'homme, véritable nègre, est ébloui par le progrès : téléphone, cinématographe, aéroplane. Il n'en revient pas. Il en parle comme M. Jourdain annonce à tous qu'il s'exprime en prose.

C'est ce que le naïf appelle poésie moderne, confondant les mots et l'esprit. Il donne la première place au décor.

Ce qui entre chaque jour dans notre décor ne doit être repoussé ni porté au premier plan. Le poète doit s'en servir au même titre que du reste (1).

Ne nous y trompons point : que Whitman ait élargi la rhétorique poétique, qu'il ait au trésor des thèmes conventionnels ajouté des thèmes conventionnels, c'est là un bienfait que nous ne devons imputer qu'à sa race et au moment de l'histoire où il eut le bonheur de surgir. Mais un tel apport ne suffirait pas à le consacrer dans notre mémoire. Que la poésie, depuis le temps où Vigny, au cœur de son chef-d'œuvre et dans la plus singulière des digressions, déplorait la naissance des chemins de fer, ait adopté des objets nouveaux et conquis des terres vierges, ceci est une loi guère plus émouvante que telle autre loi de l'évolution humaine. Tout ceci, qui relève de ce que les mauvais orateurs appellent progrès, doit nous laisser profondément indifférents, et je ne puis admettre que le premier artilleur ait pu éprouver un sentiment quelconque d'orgueil et d'exaltation à la pensée qu'il succédait au dernier arquebusier. Et puis, à présent qu'aucun des cinq continents n'échappe à l'inquiétude du rythme et de la métaphore et que tout a été chanté sur le mode épique, magique et religieux, depuis la vigne et le rôti de bouc des lyrismes primitifs jusqu'à l'hélice, la bielle et la pile, que reste-t-il au poète, sinon le désir de rentrer en lui,

---

(1) *Le Secret professionnel.*

seul continent où il puisse encore « trouver du nouveau » ? Qu'il vive sa vie personnelle et pathétique, et que de chaque accident de cette vie il dégage l'élément unique, dans le vocabulaire inventé à son usage, avec des mots de lui connus comme les mots qu'emploient les mystiques pour désigner des choses qu'ils connaissent bien, eux, tout seuls, transfigurant ainsi et élevant au plan poétique, sinon miraculeux, une vie humaine : voir Rimbaud, voir Verlaine, voir aussi tout ce qu'il y a d'éternel dans l'éternel Whitman. Mais cette transfiguration séparera de l'homme, comme un roi barbare arrachant un enfant à sa mère, l'œuvre : car les trépidations télégraphiques, pas plus que les exclamations du romantisme, n'ont jamais constitué ce qu'on appelle un style. Il est étrange qu'à l'époque où triomphait une peinture à tendances constructives et soucieuse de produire de beaux *objets* distincts s'ajoutant aux éléments dont se compose le monde, on ait vu la poésie se perdre si souvent en subjectivismes féminins et puérils, héritiers, au fond, des pires déliquescences romantiques.

J'applique ces quelques superstitions à la lecture de l'Anthologie d'Ivan Goll. Je lis Carl Sandburg, Appolinaire, Valéry, Antonio Machado, Soffici, Werfel, Alexandre Blok. A travers mille périls et mille contradictions, je m'assure que la poésie est de toutes les déesses la plus inconstante et la plus absurde, et je bénis les mains diverses qui osent encore soulever son voile.

JEAN CASSOU.

LA PSYCHANALYSE
et
L'ESTHÉTIQUE DYNAMISTE

On réduit trop souvent la psychanalyse (et notamment en France où on la connaît mal) à une théorie sexualiste de la vie psychologique. Or la psychanalyse est — ou est devenue — tout autre chose. Elle est surtout un point de vue, une méthode, une manière d'aborder la psychologie tout entière. Les théories de Freud sur l'instinct sexuel, les théories différentes — et moins prisées du grand public — d'autres auteurs tels qu'Adler, Jung, Rivers, etc., qui ont trait à d'autres instincts et leur font une place à côté ou au-dessus de l'instinct sexuel, n'ont qu'une importance secondaire (1). L'essentiel, c'est le parti d'envisager la psyché humaine sous un angle nouveau. On l'a dit déjà : la psychanalyse répond précisément au désir exprimé par William James, de voir se constituer, par delà la psychologie statique d'autrefois, une *psychologie dynamique*. Il faut entendre par là une psychologie qui rétablisse la continuité et le mouvement entre les faits ; pour tout dire, elle ne considérera plus les faits de conscience que comme les effets de certaines forces, les points de certaines courbes, et souvent même il y aura lieu de suivre ces courbes lorsqu'elles plongent dans l'inconscient, comme une courbe mathématique qui passe dans la région des nombres négatifs : aussi bien on a dit de la psychanalyse qu'elle réalisait en psychologie un progrès analogue à celui que valut aux mathématiques la géométrie analytique.

Au gré de la psychologie dynamique, la multiplicité des faits de conscience est ramenée (ou sera ramenée un jour) aux manifestations de quelques *fonctions* psychologiques. La psychologie n'a guère été jusqu'à présent qu'une anatomie de l'âme ; avec la psychanalyse, elle en devient en outre la physiologie. De plus ces fonctions participent à la loi d'*évolution* qui préside à tout ce qui vit ; les plus complexes dérivent des plus simples, et

(1) Sur ces diverses théories, v. mon article *la Psychanalyse, évolutionnisme de l'instinct*, dans la *Revue de Genève*, 1922, n° 26.

toutes dérivent en dernière analyse de quelques instincts primitifs évolués (encore que les auteurs discutent sur la prépondérance de tel ou tel instinct). Sur les sentiments supérieurs eux-mêmes, la marque de l'instinct originel est inscrite. Mais qu'est-ce à son tour que l'évolution, sinon le résultat d'une constante adaptation, d'un équilibre mouvant entre les *forces* de l'être et celles du milieu ?

Fonctions en évolution, jeu de forces qui interl[illegible]nt et se transforment : telle apparaît donc l'âme humaine à la psych[illegible]ogie dynamique. N'est-il pas naturel que celle-ci engage à sa suite une *esthétique dynamiste ?* Et qu'est-[illegible] à dire ?

*
* *

Tout d'abo[illegible], l'art apparaîtra, au même titre que les autres activités de l'esprit, comme une fonction ou un système de fonctions.

Qui dit art, dit imagination. Or la psychanalyse ne saurait considérer celle-ci comme une forme inférieure de l'intelligence. Et si nous posons ici la question biologique d'utilité ou de fonction, nous aboutirons, semble-t-il, à une distinction comme celle-ci : L'intelligence nous renseigne sur le monde réel, tandis que l'imagination créatrice, nous suggérant des combinaisons nouvelles *qui expriment les besoins de notre affectivité*, nous invite à modifier le réel selon ces besoins. L'intelligence, en un mot, assure notre adaptation au réel ; l'imagination assure l'adaptation du réel à nous. L'art, qui entretient l'imagination dans une constante fraîcheur, représente déjà, par cela même, une fonction vitale.

Ce n'est pas la seule. On sait que la psychanalyse a beaucoup insisté sur le caractère symbolique des images mentales — soit qu'elles appartiennent au rêve ou à la fiction (1). On se souvient de cette loi de *déplacement*, qui substitue une image à l'autre (et qui, dans un rêve, remplace par un jeton une personne qu'au fond de moi, sans toujours me l'avouer, je juge fausse « comme un jeton »). Il y a là un fait bien curieux, que la notion freudienne de *refoulement* s'efforce d'expliquer : les images ainsi effacées, nous dit-on, sont des images pénibles dont la conscience se débar-

(1) V. mes articles *la Psychanalyse* et *Psychanalyse et Symbolisme* dans les *Cahiers Idéalistes*, 1921, nos 3 et 4, et aussi mon livre *Psychoanalysis and Aesthetics*, éd. Allen et Unwin, London, 1924.

rasse, et qui ne passent qu'en fraude, sous un déguisement. Ce serait une fonction de défense : l' « affect » pénible, en se déplaçant d'une image sur l'autre, s'affaiblit ; ainsi quand une boisson est trop chaude on la transvase et elle devient plus ou moins supportable.

Mais il y a là plus qu'un déguisement ; il y a un « ersatz », un exutoire. Comme le Carnaval, comme surtout les Lupercales antiques — ce rêve lâché dans la rue — la mascarade d'images de nos rêves, et celle, stylisée, de nos fictions d'art, permet à nos instincts refoulés et socialement condamnés de se donner libre cours.

Et ceci nous ramène au rapprochement classique de l'art et du jeu ; mais nous le comprenons mieux. Nous savons, depuis les travaux de Karl Groos, que le jeu est l'exutoire des instincts en formation et des instincts inemployés. La future petite mère joue à la poupée ; le chat s'exerce aux dépens d'une bobine à mettre la patte sur la souris, et les officiers retraités font de la stratégie sur jeu d'échecs. Or le rêve, et notamment le rêve organisé de l'art, possède aussi cette fonction. Dans l'art, nos tendances inemployées se déchargent, nos tendances en formation s'exercent, et préludent à leurs futures « sublimations ».

*
* *

Telles seraient, en quelques mots, les principales *fonctions* de l'art. Quant à l'*objet* de l'art (ou, si l'on veut, à son *contenu*), il demeure sans doute ce qu'il fut toujours : une expression, une représentation de la vie psychique de l'homme. Mais du moment que celle-ci nous apparaît comme un dynamisme, l'art lui aussi participera à cette vue. Il s'efforcera d'être une évocation de ce monde en mouvement, de ces forces en évolution, de leurs conflits et de leurs équilibres.

En ce qui concerne le sens du mouvement intérieur et de la continuité de la vie, le symbolisme a fait le pas décisif, et comme je l'ai marqué ailleurs (1), la psychanalyse confirme bien des données de l'esthétique symboliste. Mais par contre elle souscrit difficilement à cet *impressionnisme*, qui se mêla souvent à l'esthétique symboliste, au point de faire méconnaître aujourd'hui les apports indépendants (et bien plus viables) de celle-ci. L'im-

(1) V. les articles, déjà cités, des *Cahiers Idéalistes*, 1921.

pressionnisme sentit à merveille la continuité mobile et nuancée de la vie, mais il considéra ce déroulement d'apparences en pur spectateur passif et un peu dilettante, tandis que l'art dynamique s'inquiète des *forces* qui par leurs luttes et leurs accords suscitent et font étinceler ces apparences.

Nous rejoignons ici, on le voit, une aspiration très générale de l'art contemporain ; l'homme se sent aujourd'hui un produit de forces en activité, s'identifie avec leur action, et son art, du même coup, se veut plus constructif. Cette rencontre de l'art et de la psychologie ne représente pas une filiation directe ; il y a plutôt là deux effets parallèles dont la cause commune doit être cherchée dans les tendances profondes d'une époque (et ce n'est pas ici le lieu d'explorer les origines de ces tendances). Mais cette rencontre est heureuse, harmonieuse, et il est bon que l'esthétique déduite da la science nouvelle s'accorde — quitte à les mettre au point — avec les aspirations de l'art nouveau. L'art dynamique, comme la psychologie dynamique, suivra les courbes de la vie ; mais ces courbes ne sont pas pour lui les molles arabesques évanescentes de l'impressionnisme. Il s'intéresse à la loi génératrice de la courbe, et trace d'abord les axes d'après laquelle il la construira. Car, au lieu de seulement recevoir, il reconstruit en quelque sorte ce qu'il voit, comme l'œil du géologue reconstruit la secrète et forte armature, sur quoi repose le charme souple et capricieux du paysage.

Quant à détailler les formes concrètes de certaines images et de certains rythmes (images et rythmes musculaires et moteurs, symbole, verset, etc...) qui paraissent répondre à ces aspirations de l'art — et plus spécialement de la poésie, — c'est une étude que j'ai esquissée déjà (1), et que je compte reprendre de plus près dans d'autres articles, mais qui déborderait les contours de celui-ci.

L. CHARLES-BAUDOUIN.

---

(1) *La Poésie qui vient*, dans la *Nervie*, Bruxelles, 1922, nos 1 à 5.

POÈME
POUR LES « PARTISANS »(1)

Quand les jours sont mauvais
Mauvais mauvais les jours — grises les nues
Sans vergogne le profiteur
Sans ressaut le profité
Et en marche pour la prochaine guerre (et quelle guerre)

Quand les jours sont mauvais
Mauvais mauvais les jours — longs les hivers — lents les printemps
Et peu à peu les braves gens se terrent
Petits petits
Dans les petits devoirs
Les autres disent pourquoi s'en faire
Ils mangent ils boivent ils paient cher mais ils sont contents

Quand les jours sont mauvais
Mauvais mauvais les jours
Vides les âmes
Flasques les cœurs
Et cotonneux les corps

Quand les jours sont mauvais
Et ceux qui sont doués de salive disputent
Si quelque sorte de proportionnelle (bien agencée s'entend) arrêterait
La marée de monter son flux

Quand les jours sont mauvais
Mauvais mauvais les jours — fuligineux le plein midi
Et l'esprit crève
Et le ventre s'emplit

---

(1) Ce poème a été donné par l'auteur en inédit à la nouvelle et excellente revue *Partisans*, qui vient de le publier; *Partisans* est l'organe d'un groupe coopératif d'art et de littérature internationaliste, et a son siège 103, rue de Vaugirard, à Paris; le prix du numéro est de 2 francs.

Quand les jours sont mauvais

Certains détournent leurs visages
Et les regards de leurs visages vont
Loin plus loin — loin très loin
Bleu prestige des temps par delà les temps
Comme au théâtre une toile de fond s'éclaire entre les portants
Regardez mais n'y touchez pas — au théâtre on ne traverse pas la rampe

Quand les jours sont mauvais
Mauvais mauvais les jours — blafards les soirs — sanguinolentes les nuits
J'en sais qui saluent la vie
Car l'univers mauvais est un spectacle et le spectacle est beau
Du soleil qui meurt dans le sang

Et j'en sais dont le cœur est si fort qu'ils acceptent
Que les choses soient ce qu'elles sont

O tours bâties dans l'océan des mauvais jours
Vous appelez parmi le bruissement des nuits avec des voix ensorceleuses
Tours chantantes
Celui qui se refuse à la tragique comédie
Et je me penche et je me tends et j'écoute et je vous entends

Et toi — toi aussi je t'entends
A qui je bouche mes deux oreilles — à qui je ferme mes deux yeux
Et qui remplis de ton tonnerre mes deux tempes
Et qui embrases de ton incendie mes deux yeux
Révolution

EDOUARD DUJARDIN.

LIVRES

On ne peut estimer à demi M. Henry de Montherlant. Quelle que puisse être la position prise par lui dans les choses de la politique, il est de ces écrivains qu'on aime ou qu'on n'aime pas. Dans un précédent numéro de cette revue j'ai dit tout le bien que je pensais du *Songe,* l'un des romans les plus originaux qu'ait inspirés la guerre. Le *Paradis à l'ombre des épées* (Grasset) n'est pas de moindre veine. Si tous les hommes de sport avaient l'équilibre harmonieux, la constance intellectuelle de M. de Montherlant, peut-être aimerions-nous les sports et ceux qui les pratiquent. Je crains, malheureusement, qu'il n'en soit pas ainsi et que trop aimer les sports fasse délaisser l'esprit. Le Paradis dont rêve M. de Montherlant n'est certainement pas l'arène où, seul, triomphe le souple jeu du muscle. Pour y accéder, il faut briser l'étreinte qui se noue; mais, cette discipline subie, peut-être verra-t-on nous sourire la face grave de l'amour. Car je ne crois pas me tromper en disant qu'il y a de la *bonté* dans l'œuvre de M. de Montherlant. Mais qu'on m'entende bien : ce n'est pas ici sentiment affaissé, sensiblerie pleurnicharde, pitié avilissante et pour qui la donne et pour qui la reçoit. C'est, si je puis m'exprimer ainsi, une *dure bonté,* une bonté de sang-froid, qui voit clair, qui voit haut, qui mesure, qui met chaque chose en sa place : dans l'Ordre, dans la Hiérarchie, dans la Valeur. La minute complexe, qui emporterait en son élan l'image de l'éternité, serait celle où se confondraient la grâce hellénique, la discipline romaine, l'ordre catholique et la mystique de Bethléem.

Malgré la vogue du roman d'aventures, M. Léon Pierre-Quint n'a pas craint d'écrire un roman d'analyse, un roman psychologique. La *Femme de paille* (Ferenczi), que l'auteur dédie à Marcel Proust, est un livre bien conçu, nerveusement écrit. Les personnages sont proches de nous ; ils accomplissent leur vie sans arrière-pensée, sans mièvrerie, avec courage. Parmi le fatras de la production moderne ce livre est à retenir.

Les *Chinoiseries* (Monde Nouveau) de Mme Claire Cailleaux sont choses déliées, délicates, telles les illustrations de Szetzo S. Wai qui les accompagnent. Ces petits poèmes ont une fraîcheur, une subtilité, une grâce capricieuse qui émeuvent.

J'aime ces notations de Mme Gisèle Vallerey, prises au cours de *Promenades à béquilles* (Les Primaires). Il y a un vrai talent dans ces quelques pages nourries de sensibilité, tendues de vie déchirante.

L'*Initiation* de Mme Gabrielle Rosenthal (Monde Nouveau) est de style aisé, mais de pensée superficielle. Que la « classe bourgeoise » ait failli à sa mission, c'est fort possible, mais faillirent encore plus à la leur nos fameux socialistes et les femmes, dont Mme Gabrielle Rosenthal admire le geste teint de sang : « et les femmes viennent prendre, à l'arrière, la place des combattants, et, sans une défaillance des mères, les adolescents se lèvent... »

Laissant Mme Gabrielle Rosenthal à ses patriotiques débordements, qu'il est bon de glaner en compagnie d'Ermenonville les *Miettes d'histoire* qu'éditent « Les Humbles ». Ici, on est en présence d'un homme, d'un vrai, et qui ne craint pas de dire leur fait aux socialistes, aux communistes, aux gouvernants, au peuple-roi ! L'histoire continue, les hommes ne progressent guère, sinon en indignité ; mais l'auteur de la *Guerre infernale* par son implacable, par sa déchirante ironie, nous démontre qu'il est encore, qu'il est toujours des âmes qui voient plus haut que la terre.

Le *Royaume de justice* (Monde Nouveau) que recherche le « chevalier juif » de M. Josué Jéhouda est le royaume de l'idéal, les régions du divin qu'on ne découvre qu'en soi-même. M. Josué Jéhouda, qu'en une excellente préface nous présente M. André Spire, est un juif qui a vécu, qui connaît bien la vie juive. Il s'exprime en notre langue d'une manière imprécise un peu, mais y aurait-il beaucoup de Français fondés à le lui reprocher ?

En notre époque de labeurs ingrats, de nécessités matérielles, le *Sosie* de MM. José Germain et Emile Guérinon (Albin Michel) est un livre qui nous transporte en un monde de fantaisie où l'émotion se nuance de couleur poétique.

Sous le voile qui les recouvre, les légendes sont un dérivatif à l'inquiétude, une évasion, un effort de recherche vers la vérité. Par les jeux des enfants, par le truchement des chats, M. Roger Avermaete avait exprimé les menées vaines des hommes. Dans la *Légende du Petit Roi* (La Renaissance d'Occident, Bruxelles) un petit bonhomme qui ne doute de rien part à la recherche de la vérité, mais après bien des vicissitudes parmi les hommes il ne trouve pas la Vérité, mais sa vérité. Là est peut-être le drame éternel et l'éternelle noblesse : connaître sa vérité ! Heureux petit Roi de l'avoir découverte !

M. André Germain est un habile joueur de bilboquet. Il choisit quelques têtes sympathiques, les lance en l'air, puis les reçoit sur la pointe aigüe de son ironie. Mais il se penche aussi sur les fantômes, sur les amis disparus, et sa voix se fait tendre alors, et mélancolique, et lourde des souvenirs que son regret accentue. *Têtes et fantômes* (Emile-Paul) contiennent encore des critiques publiées par l'auteur durant la guerre ; elles sont d'une rare clairvoyance, d'une dignité que les événements n'entamèrent pas.

Il est assez rare que la femme chante son amour, sa passion, son adoration pour l'homme. Le contraire est plutôt d'usage, et cela nous a valu pas mal de mauvais poèmes. Mme Mercier-Nizet, morte en 1922, chante le grand amour de sa vie. *Pour Axel* (La Vie intellectuelle, Bruxelles) constitue un recueil de poèmes d'une sensuelle audace, d'une déchirante, d'une profonde mélancolie. Sensualité sans hypocrisie, passion charnelle et mystique à la fois, par l'idée toujours présente de l'inéluctable dispersion dans l'éternel renouvellement des choses. La forme est régulière, mais sans rigidité, et le tout forme un beau livre qu'on est heureux de saluer.

Encore un livre posthume, celui-ci du grand écrivain néerlandais : Louis Couperus, mort en 1923. Je sais qu'il ne faut pas abuser du mot de chef-d'œuvre, mais je n'hésite pas à joindre cette épithète à ce magnifique « conte symbolique », ce poème philosophique : le *Cheval ailé* (Monde Nouveau), traduit du hollandais par M. F. Barbier et préfacé par M. Julien Benda. On rencontre peu souvent, en effet, une telle netteté, une telle force dans l'idée, une telle plénitude dans l'expression, un tel charme dans l'affabulation. Comme le dit excellemment M. Julien Benda : « Le conte, bien que symbolique, et devant à ce trait sa beauté supérieure, n'est point le simple vêtement d'une idée; conçu par un poète, il vit de sa propre vie, et indépendamment de sa valeur de symbole ». En dehors du symbole apparent, on s'attache à l'histoire de la petite Psyché qui perd ses ailes en voulant chevaucher la chimère, le *cheval ailé;* mais qui les retrouve, plus vigoureuses, après la traversée de la Souffrance, dans l'Avenir...

Cette *Anthologie juive* (Crès) en deux volumes : des origines au moyen-âge et du moyen-âge à nos jours, intéressera non seulement les juifs, mais tous ceux que passionne l'histoire de ce peuple éternellement dispersé et toujours renaissant. M. Edmond Fleg a réuni en cette anthologie tout ce qui compose l'essence de la pensée juive. Les traductions de la Bible et du Talmud, notamment, sont d'une saveur singulière. Et l'on ne sait qu'admirer le plus en M. Edmond Fleg : du poète, de l'érudit ou du traducteur.

On lira avec grand intérêt l'ouvrage de M. Marcel Coulon : le *Problème de Rimbaud, poète maudit* (A. Gomès, Nîmes), qui, s'il n'élucide pas comme on le voudrait le problème de cet étonnant génie, a du moins le mérite d'y prétendre par une analyse méticuleuse, un effort de synthèse qui méritent toute notre attention.

Un poète remarquable de Belgique est M. Marcel Loumaye. S'il n'a peut-être pas encore atteint sa pleine originalité, il est étreint d'une ferveur, pourrait-on dire panthéistique, de la nature. Les *Vergers en fleurs du ciel de Flandre* (Le Disque Vert, Bruxelles) sont une succession de tableaux mouvants, pleins de couleur, d'où surgit sans cesse l'âme nostalgique en même temps qu'ardente du poète.

Et pour finir, voici encore un poète que possède la passion de la mer, le désir des lointains voyages. La forme qu'emploie M. Marc-Adolphe Guégan est plus dense, plus serrée, plus classique que celle de M. Marcel Loumaye, elle n'est pas moins originale. Les poèmes d'*Oya-Insula ou l'Enfant à la conque* (Messein) étincellent de riches couleurs. Partout présente, la mer les emplit, et les berce, et les parfume. J'ai rencontré peu de poètes à ce point amoureux de la mer divine, ayant à un tel degré ce don d'évocation qui, d'un rien, fait surgir les magiques contrées que nous rêvons d'atteindre.

JOSEPH RIVIÈRE.

Ne retenant moi-même que quelques-uns des livres que j'ai aimés, j'ajouterai ce peu de mots pour signaler, tout d'abord, deux livres de jeunes poètes, bien différents l'un de l'autre :

L'*Autel inachevé,* de Mme Hilda de Steiger, poèmes tout d'inspiration, jaillis d'une âme infiniment sensible et distinguée, et que présente une préface de notre grand René Ghil (Editions « Rythme et Synthèse »).

L'*Indifférent,* de René-Louis Piachaud, le poète accompli, maître de sa forme comme de sa pensée et qui réussit à nous faire aimer une fois encore la formule traditionnelle qu'il lui a plu d'adopter (Le « Pilori », à Genève).

Relevant également d'une formule traditionnelle, mais bien moderne en sa pensée, Edouard Franchetti présente, dans le second volume de cet admirable *Théâtre* auquel il faudra bien que vienne la gloire qui lui est dûe, une pièce en prose et deux tragédies en vers dont la lecture a été pour moi une des plus émouvantes de ma carrière (Editions des « Gémeaux »).

André Fontainas publie (Librairie Garnier) une traduction de poèmes choisis de Shelley extraordinairement réussie ; un mot suffira ; c'est la traduction d'un grand poète par un grand poète.

Aux éditions de la Nouvelle Revue Française vient de paraître la charmante et âprement délicieuse comédie de Marcel Achard, qui obtint un si légitime succès à l'Atelier, *Voulez-vous jouer avec moâ?*

C'est enfin une joie de signaler le « roman de sport » de M. Henri Decoin, *Dudule, Nénesse et Laripette* (Ollendorff), non pas tant pour sa partie romanesque et anecdotique que pour les descriptions admirablement vivantes d'une course d'automobiles et d'un match de boxe, prouvant à quel rare degré de perfection un écrivain peut parvenir quand il parle des choses qu'il connaît.

... Ce qui n'est pas le cas d'un homme qui pourtant est entre tous un écrivain né et dont on doit attendre de grandes œuvres, mais qui nous a parlé cette fois de choses qu'il ne connaît que superficiellement : M. Paul Demasy, dans le *Jésus de Nazareth* qu'il vient de faire jouer à l'Odéon, et qui, n'ayant pas étudié *par lui-même* les personnages qu'il met en scène, nous présente les types les plus sinistrement conventionnels de l'exégèse.

E. D.

Le *Brigand hongre,* de Renée Dunan, va paraître aux Editions de *Tentatives,* à Chambéry, avec cinq bois gravés de Jean Saint-Paul.

Dans ce court roman, Renée Dunan narre, avec sa force et sa souplesse habituelles, une aventure dramatique et amoureuse dans le cadre de la mystérieuse forêt de Bakony, en Hongrie. On peut souscrire dès maintenant à cet ouvrage, qui sera tiré dans le format in-8°, sur vélin pur fil Lafuma, à mille exemplaires, au prix de dix francs.

NOTE
QUANT AUX MÉFAITS DU DÉMON DE L'ERREUR

Après avoir instruit le procès d'un grand nombre de nos amis, M. J. M. a bien voulu m'accorder mon tour. Je ne relèverai pas les invectives et les accusations qu'il lui a plu d'accumuler; M. J. M., après tout, est libre de juger ses contemporains selon ses idées et je lui reconnais le droit d'émettre sur mon compte toutes les appréciations qu'il lui conviendra; je lui concède même que quelques-unes de ces appréciations ne sont aucunement dépourvues de fondement, — la question étant de savoir si la plupart des « crimes » dont il m'accuse, et que je reconnais en effet avoir commis, ne sont pas précisément ce que mes amis considèrent comme mon grand honneur.

Ce qui est stupéfiant, ce qui est inadmissible, ce qui est incompréhensible chez M. J. M., ce sont ses perpétuelles... inexactitudes.

Il semblerait, en effet, que, se faisant accusateur public, ayant reçu par ailleurs une formation universitaire, il dût avoir à cœur de contrôler ses informations, afin de n'alléguer aucun fait qui ne fût authentique. Point du tout. Ce grand justicier n'a cure de la vérité. Et il semble qu'il y ait dans le cas de M. J. M. quelque chose de pathologique; on n'a pas, en effet, l'impression qu'il altère sciemment les faits; il se trompe, tout simplement, mais comment! Ses écrits sont le triomphe de l'à peu près mêlé à l'à côté; on ne saurait imaginer la quantité de confusions, de quiproquos (1), de citations fausses, d'inventions gratuites ou de déformations, d'incompréhensions grossières (2) dont ses articles fourmillent; il n'y a pas une page où on ne puisse relever plusieurs erreurs matérielles; est-ce négligence, légèreté, paresse, ou incapacité d'attention ? n'est-ce pas plutôt vice de son esprit ? M. J. M. se trompe d'instinct, il se trompe sans cesse, il se trompe à corps perdu; comme les

(1) On se rappelle le succès de fou rire obtenu par M. J. M. le jour où il écrivit que Georges Duhamel avait épousé Mlle Claire Albane, confondant malencontreusement la comédienne *Blanche* Albane qui est en effet la femme de Duhamel avec l'écrivain *Claire* Albane.

(2) Pour ce qui est de l'incompréhension, qu'on en juge! Dans mon poème intitulé *Prélude de Parsifal*, la « dernière exigence du blessé de guerre », c'est un peu de musique de Wagner; M. J. M. a compris une séance de délassement érotique avec deux infirmières consentantes. La belle âme!

antiques possédés, il est habité par un démon; mais le démon de M. J. M., c'est le démon de l'erreur.

Il ne faut pas accorder à ces malheureuses élucubrations une importance qu'elles ne méritent aucunement; seul le talent aurait pu, comme c'est le cas pour M. Léon Daudet, donner quelque portée à des thèses aussi aventureuses. Si les écrits de M. J. M. avaient éveillé la moindre curiosité dans le public, il aurait été amusant (et facile) de le prendre, au détour de chaque page, en flagrant délit de contre-vérité; je me contenterai de choisir un exemple, un seul exemple, des innombrables erreurs qui me concernent et contre lesquelles M. J. M. avait pourtant été mis en garde.

Il s'agit de mes cours et conférences de la Sorbonne.

M. J. M. commence par écrire que j'ai fait, en 1907, un cours d'histoire des religions à l'Ecole des Hautes Etudes, ce qui est faux, absolument faux. Et voilà déjà qui est inconcevable; comment peut-il énoncer, sans l'avoir vérifié, un fait matériellement inexact, et qui va plutôt à l'encontre de sa thèse ?... Le démon de l'erreur...

Il confond ensuite les deux séries de leçons que j'ai données en 1911-1912 puis en 1912-1913 sous la direction de Maurice Vernes, et les cours et conférences que j'ai données à partir de 1913-1914 à titre de chargé de cours, puis de chargé de conférences. Les leçons de 1911-1912 et de 1912-1913, dépendant uniquement de Maurice Vernes, n'avaient aucun caractère officiel, et je n'ai jamais pu les considérer ni les présenter comme un cours professé à la Sorbonne; tout au contraire, les cours et conférences de 1913-1914 et des années suivantes ont été donnés en vertu d'arrêtés pris par le ministre de l'Instruction Publique sur la proposition du conseil de l'école et avaient une existence officielle. La différence ne peut sembler insignifiante qu'aux personnes absolument étrangères aux choses de l'enseignement supérieur; je n'ai jamais fait entrer en ligne de compte les leçons de 1911-1912 et de 1912-1913, lorsque j'ai allégué mes années de professorat; M. J. M., au contraire, qui pourtant est un universitaire, mêle tout, confond tout et, bien entendu, m'attribue une prétention que je n'ai jamais eue et dont il serait de toute impossibilité de trouver la moindre trace. C'est seulement *à partir de* 1913-1914 que j'ai déclaré et continue à déclarer avoir professé à l'Ecole des Hautes Etudes, Sorbonne, Section des Sciences Religieuses.

M. J. M. ne s'en tient pas à ces préliminaires erreurs. Après avoir de la façon la plus incomplète relevé une partie des cours et des conférences véritablement données par moi, après avoir rapporté d'une façon odieusement inexacte (et que contredit, grâce aux dieux, un document officiel) une réunion du conseil de l'Ecole en date du 25 juin 1922, après avoir enfin écrit que je n'avais « appartenu en aucune façon à l'Université ou à la Sorbonne », il ajoute que j'ai « menti » en déclarant avoir professé neuf ans en Sorbonne, — car M. J. M. se permet l'usage du mot « mensonge » !

En résumé, selon M. J. M. :

1° Je n'ai pas appartenu à l'Université ou à la Sorbonne ;

2° Je n'y ai pas professé ;

3° Je n'y ai pas, en tous-cas, professé neuf années.

Voyons les documents.

Ce sont, d'abord, les annuaires officiels de la Section des Sciences Religieuses, lesquels sont à la disposition de tout le monde dans les bibliothèques publiques, et qu'il était vraiment trop facile à M. J. M. de consulter, s'il avait eu le moindre souci de vérité ;

ensuite, les affiches officielles de la Section, dont la collection est conservée, mais qu'il est évidemment moins facile de consulter après coup ; ces affiches, d'ailleurs, reproduisent littéralement, comme on peut le penser, les programmes publiés dans les annuaires officiels.

Ouvrons donc ces annuaires ; je commence par celui de 1913-1914, puisque je ne fais pas état de mes leçons de 1911-1912 et de 1912-1913.

Annuaire officiel de l'Ecole Pratique des Hautes Etudes, Section des Sciences Religieuses, Sorbonne, — Imprimerie Nationale, 1913 : Programme des conférences 1913-1914, page 60 :

Conférence de M. Ed. Dujardin sur des Questions relatives aux Eglises chrétiennes du Ier siècle.

Annuaire officiel 1914, page 104 :

Compte rendu des précédentes conférences (étude des premières hérésiologies gréco-latines).

Même Annuaire : Programme des conférences 1914-1915, page 116 :

Même indication que l'année précédente.

Annuaire officiel 1915-1916, page 123 :

Compte rendu (suite de l'étude des hérésiologies gréco-latines et spécialement d'Epiphane).

Même Annuaire : Programme des conférences 1915-1916, page 130 :

Même indication que l'année précédente.

Annuaire officiel 1916-1917, page 72 :

Compte rendu (centres géographiques des hérésies palestiniennes).

Même Annuaire : Programme des conférences 1916-1917, page 75 :

Même indication que précédemment.

Annuaire officiel 1917-1918, page 85 :

Compte rendu (les repas de communion dans les documents chrétiens).

Même Annuaire : Programme 1917-1918, page 88 :

Même indication que précédemment.

Annuaire officiel 1918-1919, page III :

Compte rendu (les repas de communion dans les documents chrétiens, suite).

Même Annuaire : Programme des conférences 1918-1919, page 114 :
Même indication que précédemment.

Annuaire officiel 1919-1920, page 54 :
Compte rendu (les repas de communion dans l'Ancien Testament et dans les religions primitives).
Même Annuaire : Programme 1919-1920, page 57 :
Même indication que précédemment.

Annuaire officiel 1920-1921, page 63 :
Compte rendu (suite de la même étude et analyse critique des *Formes élémentaires de la vie religieuse*).
Même Annuaire : Programme des conférences 1920-1921, page 69 :
Même indication que précédemment.

Annuaire officiel 1921-1922, page 66 :
Compte rendu (les Mystères païens).
Même Annuaire : Programme 1921-1922, page 74 :
Même indication que précédemment.

Annuaire officiel 1922-1923, page 72 :
Compte rendu (les noms de Jésus et de Barabbas).

A ces cours et conférences professés à la Section des Sciences Religieuses de l'Ecole des Hautes Etudes, il convient d'ajouter les conférences dont j'ai été chargé à la Faculté des Lettres en 1920 sur les Maîtres du Symbolisme et qui ne rentrent pas dans le cadre d'un enseignement régulier, mais que je cite cependant parce qu'elles m'ont été demandées à titre précisément de « chargé de conférences à l'Ecole des Hautes Etudes », ainsi que le portait l'affiche officielle.

De 1913-1914 à 1921-1922 (toujours sans compter les leçons de 1911-1912 et de 1912-1913), le total semble bien être de « neuf » années...
Mais, pour M. J .M., je n'ai pas appartenu à la Sorbonne ;
Je n'y ai pas professé ;
Je n'y ai, en tous cas, pas professé neuf années.
... On jugera par cet exemple de l'exactitude de son information et de la conscience de sa recherche.

M. J. M. cite, entre autres témoignages (dont il s'indigne) une phrase où Marcel Lebarbier m'assure de « l'amitié de toute une jeunesse généreuse »... J'avouerai que cette amitié, quelque criminelle qu'elle paraisse à M. J. M., me console, et très suffisamment, de son inimitié.

EDOUARD DUJARDIN.

Le Gérant : CHASTEL. Imp. F. DESHAYES, 83, r. de la Santé, Paris

www.ingramcontent.com/pod-product-compliance
Ingram Content Group UK Ltd.
Pitfield, Milton Keynes, MK11 3LW, UK
UKHW050920270726
13994UKWH00011B/2455